APHORISMES
OV
SENTENCES DOREES,
EXTRAICTES DES LETTRES
tant Espagnoles que Latines
d'Anthoine Peres.

ESQVELLES ON PEVT
remarquer vne tres-belle instruction pour les Roys,
Princes & subiects, pour les superieurs & infe-
rieurs: chose tres-vtile & necessaire pour la conser-
uation & augmentation des Royaumes, Republi-
ques & de toutes Communautez.

FAICTES FRANCOISES,
Par IACQVES GAVLTIER.

Dediéz à Messire RENE' BENOIST~Doyen de la faculté
de Theologie à Paris, Confesseur du Roy, son Conseiller
d'Estat & nommé par sa Majesté à l'Euesché
de Troyes.

A PARIS,
Chez PIERRE CHEVALLIER, au mont
S. Hilaire, à la Cour d'Albret,

M. DCII.

A MON REVERENDISSIME

SEIGNEVR MESSIRE RENE'
Benoiſt , Doyen de la faculté de
Theologie à Paris, Confeſſeur du
Roy ſon Conſeiller d'Eſtat,& nom-
mé par ſa Majeſté à l'Eueſché de
Troyes.

MONSEIGNEVR,
On repute vn tres-grand tourment,
quand il eſt ſans fin, & touſiours ſe re-
nouuelant: comme la pierre de Siſyphe,
la roue d'Ixion, le cœur de Titye & les
muids des Danäides , qu'on feint eſtre aux enfers. Cela
me fait croire qu'il n'y a point plus grand peine que d'e-
ſtre infiniment & tant endebté, qu'on ne puiſſe vuider ſa
debte quelque peine qu'on y prenne d'y ſatisfaire pour ce
qu'vn tel homme , à chaque coup qu'on heurte à ſa por-
te, eſtime que ce ſoit quelque facheux ſergent qui vienne
pour le tourmenter, ou l'appeller deuant quelque rigou-
reux iuge: tourment qui ne ſe laiſſe iamais & qui conti-
nuellement renouuelle. Et entre tous ces debteurs ie trou-
ue encor celuy plus affligé qui ſe recognoiſſant deuoir, eſt

A ij

encor bruſlé d'vn ardant deſir de ſatisfaire , & eſt
honteux de ſe monſtrer deuāt ſon creancier non pas pour
crainte qu'il aye, mais pour l'amour qu'il portre a celuy
auquel il doit. Car c'eſt vne choſe toute certaine qu'il n'y
a ſergent plus faſcheux, ny iuge plus rigoureux, ny bour-
reau plus cruel , que la bonne volonté & la conſcience,
à celuy qui ne peut rendre eſgal ſeruice pour plaiſir, ſemblable recognoiſſance pour l'obligation. Vous iugerez incontinent que ie parle pour moy. Et veritablement ie le
confeſſe: toutesfois ie me propoſe de ſuyure l'opiniõ de ceux
qui diſent , que ſi on ne peut du tout ſatisfaire il faut du
moins aggreer, payant ce que l'on pourra petit à petit &
dire auec le debteur Euangelicque, ayez (s'il vous plaiſt
patience) & auec le temps ie m'efforceray de vous payer
tout. C'eſt pourquoy ces petits Aphoriſmes d'Anthoi-
nes Peres eſpagnol m'eſtans tõbez aux mains & les iuge-
ans profitables, ſi, ils eſtoyent communiquez à nos fran-
çoys, ie les ay voulu mettre en noſtre langue vulgaire &
vous les preſenter, à celle fin que leur donnant eſtre ſous
voſtre faueur, ie ſois veu en quelque choſe recognoiſtre
infinis plaiſirs qu'il à pleu à voſtre bõté me faire. Ce que
i'ay faiſt auſſi pourceque ie ne pouuois pas mieux offrir
ces eſcrits d'vn grãd cõſeiller d'Eſtat Eſpagnol ſinon à vn
grãd cõſeiller d'eſtat Frãçoys: Conſeiller (dy-ie) non ſeu-
lemẽt de l'eſtat temporel de ſa majeſté, mais qui plus l'eſt
encor de l'Eſtat ſpirituel m'aſſeurãt que cõme vous ſur-
paſſez Xenophõ & Plutarque en toutes vertus : que vous
nous ſerez occaſion d'auoir vn Roy qui ſera (auec l'ayde Dieu) plus excellent ny que Cire, ny que Traian: Dieu,
vous en face la grace.

Voſtre tres-humble ſeruiteur
Iacques Gaultier.

APHORISMES OV SEN-
TENCES DOREES, EXTRAI-
ctes des Lettres tant Espagnoles
que Latines d'Anthoine Peres.

LA racine de la foy & de l'amour c'est le
cœur.

La langue & les paroles sont ses bran-
ches & feuilles, qui tesmoignent si le
cœur est sec ou verd.

Il y en a qui sont tant pæureux qu'ils craignent encore l'esclair apres le coup & cheute du tonnerre.

Miserable est siecle, auquel c'est vne chose perilleuse de pratiquer la perfection & la constance de
l'amitié.

Les conceptions de l'ame se peuuent comparer à
la gentilesse & galante façon du propre naturel d'vn
chacun : comme aussi la parolle, aux habits & façon
du vestement de nostre corps.

Les trauaux accablent l'esprit, ainsi que la vieillesse nous fait courber nostre corps.

Comme le corps se comporte selon qu'est l'ame
de mesme la parole selon les conceptions.

Les entendemens sont differens selon le climat &

la varieté du temperament des corps.

Le verre & le corps humain ont les mefmes qua-
litez.

Le port & façon de marchèr defcouure le naturel
de l'homme.

Bon eft l'acccord & paix que les confeillers du
Prince ont ent̃r'eux, fi c'eft pour perfectionner le naturel d'iceluy.

La tromperie eft quelquesfois fidele & neceffaire
pour le bien public & du Prince.

Le confeil eft vne medecine tres profitable s'il eft
donné auec dexterité & prudence : tres-dangereufe
s'il eft donné auec violence.

Le Prince doit chercher & demander confeil, à
celle fin que les confeillers eftans encouragez par-
lent auec plus de liberté & d'affection.

Signe mortel à vn Prince quand il fait tout fans
demander confeil.

Les Roys n'entendent point quand ils ne veulent, & ne voyent point ce qu'il ne veulent veoir, encore que la chofe frappaft la prunelle de leurs yeux.

Le confeil que donnoit l'Empereur Charles le
Quint à Dom Philippes fecond fon fils, eftoit, qu'il
ne feift tenir iamais fon confeil d'eftat en fa prefence, mais bien fon confeil de guerre quand il feroit en
la campagne. Pour ce que la prefence du Prince re-
tient & empefche les efprits de defcouurir leurs
opinions : ce qui eft tres dangereux au Prince és affaires d'eftat. Et és affaires de guerre fa prefence y eft
profitable : pour ce que fa prefence & le refpect qu'õ
luy doit encourage dauantage les cœurs.

Le Prince doit auoir toufiours vn fecret amy quafi comme efpie courant de tous coftez & s'enquerât de tout:toutesfois (i'adioufte) que cet amy ne doit eftre cogneu de tous pour amy du Roy, ny encore moins à quelle intention il luy eft amy : pource que autrement il perdroit le proffit qu'il en pourroit tirer, car chacun fe defliant de luy ne diroit rien & pource & l'amy & le Roy viuroyent comme fourds.

Le Prince fe trouuant prefent au confeil fe met en danger de defcouurir fon intention (chofe tres dangereufe)& d'entrer en difpute auec fes fubiects, qui feroit vfer de familiarité, ce qu'il ne doit permettre, d'autant que la grandeur de la Majefté ne doit fouffrir aucune familiarité.

Le Prince fe doit trouuer prefent en ces confeils aufquels il cherche pluftoft approbation que confeil. Pour ce que comme le refpect de fa prefence luy apporteroit dommage en l'vn : il ayderoit neantmoins en l'autre à fon intention.

Auoir l'aureille du Roy, eft, comme vn fauorit tres puiffant & qui commande à tous les autres fauoris. Et à cefte occafion les autres fauoris craignent autant celuy qui a cet heur, comme ils feroyent le Roy mefme.

Les Princes ont de couftume de perdre de grandes occafions à raifon de la trop grande feureté par eux recherchee & pour trop fe deffier.

Le deffi & foupçon eft comme le venim des medecines lequel eftant donné auec prudence & mefuré purge & eftant baillé par trop, il tue.

Le foupçon efmeut les efpris comme le venim l'eftomach.

A iiij

Mettre des inconueniens ou dangers qui peuuent furuenir & le remede tout contre, c'eft vne chofe propre des grans efprits : mais les propofer fans remede: c'eft le propre d'vn efprit irrefolu.

Aux viellards eft figne d'imprudence & aux ieunes d'eftre couars.

Les Princes ont de couftume loüant quelque partie d'vne refponce, s'efchaper finement de l'autre, ainfi que celuy qui met fon manteau au deuant pour fe couurir des coups de l'efpee de fon ennemy.

Le delayement des Princes en leurs refolutions fachent plus à ceux qui les attendent, que ne font, à vn qui eft tres amoureux, les defirees faueurs de fa maiftreffe.

Les Princes ont de couftume de fe retirer en lieux efcartez & folitaires pour là difcourir en eux mefmes de grans affaires & ce pour laiffer paffer à eux feuls les premiers & plus grans mouuemens de leurs affections.

La parole des Roys eft douce vers leurs fubiects, quand ils ont befoing de leur ayde, en l'execution de quelque grande entreprife.

La confience eft comme les fers des efclaues. I'entens qu'elle a femblables effects fur les cœurs: lieu où on peut remarquer les nobles & geneteux courages.

Grande merueille fi l'ennuy & la paffion laiffent noftre entendement iouyr de fa liberté.

C'eft vne tres grande prudéce & affeurance (quelque maiftrife qu'on penfe auoir fur fes paffions) d'eflire vn tiers pour iuger & determiner de quelque fien different.

Les

Les Roys en leurs affaires d'extreme importance
font comme les vieux medecins, qui en leurs maladies n'vfent du confeil des moindres en experience
qu'eux.

Auoir communication des refolutiõs des Roys, és
chofes qui touchent leurs perfonnes, eft chofe plus
accompagnee de danger que d'affeurance.

Quand vn Roy ancien & vieil commence à defcouurir à quelqu'vn fon fecret, ou c'eft pource qu'il
l'ayme beaucoup (chofe fort rare) ou bien c'eft par
neceffité, chofe certaine & la plus certaine.

On doit entendre plufieurs chofes du fecret des
Roys fans les importuner ou vouloir contraindre de
s'interpreter ou d'en dire plus qu'ils ne veulent : &
cela leur eft le plus agreable.

Chofe rare de trouuer qui n'aye quelque fcintille
de defir de veoir le pouuoir de fon Prince eftre mo-
defte & temperé.

L'amour de perfonne à perfonne eft tres ferme, s'il
s'en trouue entre les hõmes: pource que cet amour
naift de la conformité des humeurs naturelles.

L'amour porté à raifon du degré ou de la fimilitude ou relation d'vn eftat à vn autre, n'eft pas feur, à
caufe que cet amour eft fondé fur le proffit & propre
intereft. Et cela fe preuue par experience.

Peut eftre qu'à cefte occafion c'eft vne couftume
des Roys de temps en temps de faire electiõ de perfonnes nouuelles. Peut eftre qu'à cefte occafion eft
de befoing aux fubiects de fçauoir fe retirer à temps.
Pource que les Roys fe laffent des hommes tout
ainfi que des viandes. *Cecy n'eft pris du liure & n'eft*
Aphorifme mais eft adioufté par la plume.

B

Les Princes qui sont de grand entreprise cherchēt les pilotes & mariniers des mers estranges.

Les Princes ont les proprietez des amoureux, soit en la crainte, soit en la ialousie, soit en autres semblables accidens.

Charles le Quint conseilloit à Philippes second son fils, Qu'il ne laissast les grandes & souueraines charges des Gouuernemens ou des armees vn long temps à quelque personne.

Ny mesme qu'il ne les baillast à personnes de grande & noble race, sinon à celuy qui pour les obtenir luy auroit fait de grans & signalez seruices.

Peut estre desiroit il moderer les voyles de celuy qui montoit en la plaine mer: *Mais mon intention est de tirer des Aphorismes & non pas de les interpreter.*

Ceux qui enuieillissent és chargés acquestent souuent plus d'auctorité qu'il n'est de besoing pour les Roys.

C'est vne chose digne de gloire aux Rois d'esleuer & faire quelques hommes de leur main: chose profitable aux Princes pour le secours de leurs vieillesse & de leurs ieunes enfans qui doiuent succeder au Royaume. Ces deux temps estant ceux esquels les malcontens prennent ordinairement la hardiesse de conspirer.

Le conseil de Charles cinquiesme au mesme estoit qu'il occupast les grans aux plus grādes charges pres sa personne. Pource qu'outre que ce luy seroit vne plus grande splendeur & auctorité, il les auroit en lieu plus seur, & toutesfois qu'il ne se fiast à eux auec defiance d'autant que c'est la chose qui offence plus la noblesse, ainsi que la confience qu'on a en eux apporte aux Princes plus de seureté.

Couuerture ordinaire des conseillers pour paruenir à leurs intentions est dire, que ce qu'ils disent,& font, est pour le seruice de leur maistre.

Chose fort difficile d'accorder les esprits de deux grans conseillers, sinon quand leur profit particulier les y contraint. Qui est vn accord tres-dangereux pour les Rois.

Il est profitable aux Roys d'auoir vn Royaume voisin qui serue de refuge pour retirer ses subjects.

Mais plus profitable aux subjects. A ceste cause deuoit dire l'autre és bonnes Pasques & en la feste des Rois en dōnant le bon jour (selō l'vsance d'Espagne) non pas Dieu vous donne bonnes Pasques & bons Rois: mais plustost Dieu vous donne plusieurs Pasques (c'est à dire,viure plusieurs annees) & plusieurs Roys.

Cecy n'est pas encor vn Aphorisme.

Le soubris des Roys coupe mieux que le tranchāt des espees bien affillees.

C'est l'industrie des Rois de descouurir leur intention à quelque conseiller, pour puis apres l'incliner à sa volonté:& encore vne ruse qui est presque generale à tous.

Il est plus facile,selon le iugement humain,de s'obliger à vn plus grand, que d'accomplir où s'acquiter de ceste obligation.

Les exemples & experiences faictes auec dommage sont les plus grans maistres instructeurs des Princes.

Les conseillers des Roys qui ne sont conduicts

d'autres respects humains que de celuy du Roy, sont
idolatres : si du seul Royaume, athees : si de soymes-
me seulement, Epycuriens : si du Roy & du Royaume, ils sont la côseruatiô & du Roy & du Royaume.

Vn estat de grand danger ou merite est celuy de
ceux qui sont delaissez & reiettez de l'amitié de leur
Prince, & ne sçay lequel des deux il pourroit estre
plustost.

Les estrangers se doiuent accommoder gouuer-
ner & temperer selon l'oreille de ceux auec lesquels
ils traittent comme la corde de quelque instrument
musical. A l'oreille (dy-ie) du goust & affection &
non à l'oreille de la verité.

Pour resister aux assaux de la fortune peut beaucoup proffiter ce qui proffite és maladies de la peste,
sçauoir est le courage & grandeur de cœur.

La philautie & affections personnelles se nourris-
sent & croissent tât és grans qu'és petits : mais ils les
perdent & renuersent en secret & deuant qu'ils s'en
apperçoiuent.

L'oreille peut exercer la liberalité aussi bien que
les autres sens.

Le remerciement fait de paroles seulement pour
quelque bien receu, en celuy qui peut rendre par ef-
fect, n'est pas vraye recognoissance.

Ceux qui sont és dignitez plus grandes seruent
d'yeux en la republicque : que s'ils entendent les afflictions du peuple ils sont en leur lieu, sinon, non : &
mesmes il ne sont plus yeux.

Les seruices passez sont comme des vieilles deb-
tes, lesquelles ne se peuuent recouurir qu'à grand
peine.

Le vray honneur des Roys est de continuer les faueurs commencees.

Le pardon des Roys est beaucoup different du
pardon de Dieu: pource que le premier pardonne,
mais auec notte d'infamie: & le pardon de Dieu est
autant honorable, comme il est plein de grace & de
misericorde.

Vne pitié feinte des officiers en la seule parole &
non és œuures, en ce qui est de leur estat & office, ne
doit estre nommee entre les vertus, ic la nomme-
rois plustost tromperie.

La raison est la dame naturelle: mais celle qui nage
& est portee sur les eaux de l'inconstáce surpasse en
mechanceté tous les embrouillemens & enlasseures
de la malice.

Les Princes doiuent imiter la nature des elemés:
car ce que l'vn suit & poursuit, l'autre l'auctorise &
le deffend.

Il y a des monstres de fortune, aussi bien que de la
nature.

Il y a vne vieille querelle entre la fortune & la nature.

Les Princes monstrent quels ils sont & font pa-
roistre leur grandeur par leurs bienfaicts: & quels
sont leurs subiects, & combié petites sont leurs forces au respect d'iceux Princes, par les persecutions.

Le naturel de la grandeur & de la pitié est d'auoir
pour agreable la misere de leurs subiects.

C'est chose plus propre des Roys de resister à la
fortune & à ses violences, que de contreuenir à la
nature & à ses loix.

Les esprits qui exercent naturellement les vertus

ne recherchent point aucune recompenfe pourleurs bonnes actions.

Merites ou faueurs font les fources & occafions de l'enuie.

Comme la confience nous fajt viure & nous fouftient ainfi lors qu'on en experimente les effects elle fatisfait.

Les Roys doiuent eftre eux mefmes tefmoins & iuges de leurs promeffes:pource qu'il n'y a iuge par deuant lequel on les puiffe faire venir finon (peut eftre) deuant la honte.

Vn fuitif & pourfuiuy par vn Prince fouuerain eft perdu fans la faueur d'vn autre Prince fouuerin.

C'eft vne grande hardieffe d'efcrire aux Roys fans occafion & mefmes de la rechercher.

La fortune commande aux feuls efprits de peu de courage & non aux nobles & courageux.

Les amours de l'ame ont la mefme proprieté que l'autre amour, à celebrer & raconter les merites de ce qui eft aymé.

Les bien-faicts des Princes qui font donnez à fubjets pitoyables, ja foit qu'ils ne l'ayent point merité, augmente toutesfois dauantage la gloire de leur liberalité.

Les cœurs de leur naturel fe refiouiffent d'eftre recognus & recompenfez : chofe propre à ceux qui vfent de peu de paroles. Cela ne fe pratique pas en ce pais : ainfi comme la multitude de paroles a auec foy bien peu de cefte vertu.

Le feul poinct pour ne fe laiffer tromper & pour mefprifer les chofes du monde eft d'auoir la poffeffion d'icelles.

Il n'y a lionne plus sauuage ny beste plus cruelle qu'vne belle femme : desquelles, comme si elles estoyent telles, il s'en faut fuir.

Comme la mer estát paisible & en bonace n'est pas tant admirable à l'œuil ny ne móstre pas la grandeur de son element, cóme celle qui est tempestucuse & escumeuse : Ainsi l'oreille admire plustost entendaht les desastres humains que les faueurs.

Les murmures sont comme le sifler duquel le son entre iusques au dedans des oreilles mais non dans l'ame : & faict comme les chiens couards qui ne mordent que les habits sans atteindre à la viue chair.

La bonne & mauuaise fortune sont comme deux sculpteurs de la nature humaine.

La bonne prend entre ses mains la matiere plus basse ordinairement pour la polir & l'orner.

Et la mauuaise prend la plus excellente pour ciseler & tailler en icelles de grádes & admirables vertus.

La fortune doit estre plus crainte, plus on la tient en sa puissance.

Chacun sentiment a son parler particulier.

La langue est la chose la plus trompeuse puisque de l'air elle forme sa tromperie.

Le parler joint auec les œuures est la plus excellente maniere de parler.

L'amour soit fauorable ou non, donne tousiours melancolie.

Il y a des songes de personnes qui veillent : comme des songes de dormeurs.

Personne n'est plus endormy, que celuy qui oublie & personne n'oublie plus que celuy qui est amoureux.

Les escrits sont les tombeaux qui conseruent le nom & memoire d'vn chacun.

La communication ordinaire est vne espie priuilegiee.

Les princes doiuent craindre plus les Historiographes que les laides femmes ne doiuent craindre les plus excellents peintres.

En la chasse de Venus le blesse court à celuy qui le tue. Tout au contraire en la chasse de Diane. Mais tout au côtraire de l'vne & de l'autre en la chasse des Rois: pource qu'il y en y a peu qui blessez se veulent sauuer sinon ceux qui sont les plus sages.

Les pleintes sont des flechesenuenimees.

Si les Roys ne prennent garde à eux ils se ruent & abbaissent comme le milan sur des viandes ordes & viles quels sont les hommes de petite condition.

Les Roys doiuent imiter le tonnerre lequel pour ce qu'il sort d'vn lieu haut & noble il ne frappe ny n'offence les choses flacques & debiles plustost les choses dures & fortes. La prouidence diuine deuoit bailler ces exemples, pour ceux qui ne recognoissent pas Dieu, à celle fin qu'ils n'eussent faute d'exemple pour imiter à ce qu'ils n'affligeassent point les affligez. Et toutesfois hola: Pource que c'est sortir de mes Aphorismes reprenôs nostre chemin ma plume.

L'amour & l'obedience sont freres tres naturels.

La priuauté & faueur qui procede de quelque grace ou vertu, qui est en la personne fauorisee, ne dure pas & est comme la fleur de quelque arbre.

Celle de l'obligation est perilleuse : pource que personne ne souffre longuement vn fardeau d'vne grand debte.

La

La faueur qui procede de s'accomoder à l'inclina-
tiõ naturelle du Prince en chofes qui font côtraires à
la iuftice & au deuoir, tombe en fin & à la longue a-
uec vn chaftimẽt exemplaire donné ou par le ciel ou
par le Prince.

La faueur qui procede de grand entẽdement & valeur eft tres perilleufe fi on ne fcait temperer & moderer l'vfage de cet entendement, ne le faifant pá-
roiftre plus grand que celuy de fon Prince.

Combien y en a il qui en plufieurs occafions nous
enfeignent feruans de viande aux Princes pour ce
qu'ils leur donnent de mauuais & mafquez confeils.

De petites pierrettes iettees & les coups d'vne petite baguette frappez comme fans y penfer peuuẽt
renuerfer en terre vn fauorit.

C'eft faire plaifir à vn fauorit de luy faire la guerre à
defcouuert ce pendant qu'il eft en grace : Il eft beaucoup meilleur de l'idolatrer d'autant que c'eft vn
moyen tres pertinent pour le jetter par terre : pource que ce excitera le Prince à ialouzie entant que l'a-
doration ne demande point de compagnon.
Le Royaume plein de mal-contens balance comme
vne tour fondee fur du vif argent.

La faueur du peuple conferue les fauorits du Roy
encores à l'heure de leur cheute : pour ce qu'elle eft
autant ferme & certaine, comme eft l'heure de la
mort.

La faueur qu'a vn fauorit eft côme vn cheual fier,
leger & tres dangereux fi on ne le tient ferme par les
crins de la modeftie.

Les bonnes paroles des officiers du Prince c'eft vn
air qui raffraifchit vn peu ; mais à la fin la foif tue.

Que les Princes se gardent de leurs conseillers lesquels les acheminét à s'éfermer en quelque destroit.

La coróne des Roys est vn cercle qui est quasi cóme vn aduertissement de la borne & des limites du
pouuoir humain.

C'est vn chemin pour ruyner les monarchies que
l'abus de pouuoir absolu.

Les graces & bienfaicts des Princes sont en beaucoup moindre nombre que le nombre de ceux qui
les pretendent: Ie dy selon le pouuoir humain.

A cette occasion est beaucoup plus grand le nombre de ceux qui sont mal contens.

C'est vn sage conseil à vn Prince d'auoir qui aye
soing des mal contens.

Le pouuoir d'vn Roy n'est pas sufisant pour dóner
la faueur des peuples encores qu'il puisse donner le
respect & auctorité pource que la faueur & amour
du peuple c'est vn don du ciel, comme on veoit que
quelqu'vn ne laissera d'estre conténé du peuple auec
toutes les faueurs qu'il pourra auoir des Roys, &
qu'vn autre ne laissera d'estre estimé auec toutes les
defaueurs & disgraces du Roy:& quelquefois plus.

C'est vn bon conseil aux Princes de suiure la voix
& faueur du peuple (c'est à dire fauoriser & aymer
ceux que le peuple ayme.)

Pour ce que la voix du peuple n'est pas vn mauuais
conseiller pour les resolutions des Princes.

Que les Princes cerchét autát qu'il leur sera possi-
ble n'entreprendre point chose de laquelle on puisse
faire preuue des limites de la puissance humaine.

Les mal-contens rejectent tousiours la faulte de
tout leur infortune sur le fauorit.

Pour la plus grand part és chofes mondaines , l'affaire eft toufiours meilleure qui a plus des moyens
humains que de merites.

Les fauorits fe deuroyent confiderer comme les
lieux de deuotion lefquels acquierent plus de credit
auec vne potence d'vn boiteux qui aura efté gueri,
qu'auec les dons & concours & preffé de ceux qui
font fains.

Les Roys ne fe doiuent preualoir de leur dignité
ou authorité en leurs paffions , ny exercer en vertu
d'icelle aucune paffion perfonnelle d'enuy ou d'autre chofe femblable.

C'eft vne tres profitable & naturelle curiofité aux
fubiects cognoiftre le naturel du Prince : côme c'eft
le proffit du Prince d'eftre foigneux de ne le point
defcouurir.

La perfonne des Roys fe peut bien ennuyer:mais
non pas la dignité : pource que cefte dignité eft vne
idee , vne chofe fimple & qui eft toufiours d'vne
mefme façon.

Ainfi vn element en fa perfection parfaicte ne fe
change point.

Errer és confeils qui font donnez aux Princes fouuerains eft errer contre tout le Royaume.

Les Princes fouuerains doiuent exercer toufiours
quelque grande vertu de leur office ou dignité , en
l'admiration de laquelle il tiéne toufiours les efprits
de leurs fubiects entretenus.

La pitié & liberalité eft la beauté des hommes.

La pitié faict le mefme que la blâcheur és femmes
& la liberalité ce que la couleur rouge, pour ce que
l'vn & l'autre couurentbeaucoup de fautes.

Cela doit estre seulement jugé pitié quand on peut punir & on ne le faict: à cette occasion Dieu se nomme il puissant & misericordieux. Pource qu'estre pitoyable par necessité n'est pas vertu.

L'amour de ceux qui ayment veritablement croist & s'augmente plus en l'absence.

Les Alquemistes & faiseurs de distilations de l'entendement & discours sont en tres grãd estime pres les Roys.

Les amoureux le plus souuent ne se resouuiennent de ce qu'ils ont faict.

L'amour est la quinte-essence des vieillars.

Les occasions ont accoustumé, d'excuser vne partie des fautes.

La memoire fise & le juge de celuy qui promet s'il n'accomplit sa promesse.

Les grans Roys ne se doiuét point estimer estre de quelque nation: pource que celles qui ne luy sont point subjettes le desirent quelquesfois pour Roy propre. *Ceste raison derniere n'est pas tiree du liure mais la plume luy adiouste.*

Les faueurs que les Rois font aux estrangers retourne tousiours aux Roys à grand gloire: ainsi qu'à l'arbre la louange de ceux qui prennent & goustent de son fruict.

Les Roys ne doiuét chercher autre conseil en ce qui touche à leurs personnes & paroles, sinon ce qui touche à leur honneur.

Parolle de Roy est vn prouerbe Espagnol qui est pris pour vn grand serment. La parole de Dieu s'appelle verité: autant certaine doit estre la parole du Roy.

Les fauorits font de grans forciers.

La fcience de la cour eft comme la Chirugie, laquelle ne peut eftre enfeignee par la theoricque ou
fpeculatiue finon par les playes d'autruy ou(aux mi-
ferables) par les propres playes. *Ie defirerois bien
auoir les autres pour me feruir d'inftruction & d'experience en cette fcience & non pas me l'eftre à moy-
mefme.*

Les graces & louanges humaines embelliffent les
œuurés des grandes vertus comme la fleur faict
l'arbre.

Les menees & entreprifes des Roys, n'y a que les
feuls Roys qui les entendent.

Les eferits des hommes font les enfans de leur
efprit.

Les amours des amis eft de frequéter enfemble.

Ceux qui vallent peu pour eux ou pour leur fortune ne fe laiffent facilement veoir.

Vn chacun fe reprefente deuant les Roys auec les
meilleurs couleursqu'il peut.

Les compleintes des infortunez font paroles per-
dues aux oreilles des Roys encore quelque fois dá-
gereufes fi les Roys ne font hommes ou Dieux.

Il n'y a efceuil ou roche plus dangereufe pour
renuerfer vn Roy ce que deffus deffous, que la
paffion.

Le Roy qui aura plus de pitié ; s'aprochera plus
pres de Dieu, comme au contraire eft le contraire.

La mauuaife fortune eft comme les plantes, defquelles les vnes ne dónent aucũ fruict par leur faute
les autres pour faute de terre: les autres, pour la faute des iardiniers, ou de l'air qui gafte l'vn & l'autre.

Quand l'Auteur nôme en fes epiftres l'element ma-
jeur, il veut fignifier ceux qui font les plus grans.

Qui perd la volonté il pert auffi facilement le iugement.

Les affections & paffions humaines font comme la peftiléce de l'air corrompu, qui frape auffi bien
les Roys que les bergers.

Les grandes confiances font accompagnees de
grandes cheutes.

Chercher de fçauoir les miferes d'autruy eft chofe pleine de foupçon.

Le differer eft procheparent de l'oubliance.

L'amour eft de la nature de la bonne odeur.

Les grandes charges honorent les vns & recom-
penfent les autres & defcouurent leur valeur.

La recompence de la liberalité eft d'obliger plufieurs auec vne feule faueur.

L'amour eft Roy par deffus tous les Roys.

Les lettres familieres declarent plus le naturel
d'vne perfonne que ne faict le vifage à vn phyfio-
gnome.

Les cercles des dents font donnez pour crainte de
la legereté de la langue.

Le vin eft le laict des veilles gens.

Le defir de vengence eft le propre d'vn cœur bas
& vil.

Les dens de l'amour mordent auffi bien que celles
de la vengence.

L'amour eft quelque fois autant peureux comme
autre fois il eft hardy.

La langue eft fouuent le plus faulx tefmoing du
cœur,

La grace des Roys (pour ce qu'ils s'aſſubiettiſſent aux opinions d'autruy) eſt bien peu ſeure. Celle du peuple eſt ſeure comme vn don du ciel : & ſi cette grace vient pour ce que celuy qui l'a l'aye meritee elle eſt encore tres ſeure, pource que le peuple pour la plus grand part ayme auec cauſe & iuſte raiſon.

Les Princes imitét & ſemblent exercer l'œuure de la creation en eſleuát les hommes de la poudre (qui eſt vn œuure la plus grande de toutes) en releuant celuy qui eſt tombé, & reſuſcitát celuy qui eſt mort & tranſpercé de l'eſpee de l'ennuy & de faſcherie.

La plume eſt le ſixieſme ſens qui ſert pour les abſens qui ne peuuent vſer des autres cinq.

Iamais nul n'a donné beaucoup ſinon à contre eſchange & comme auec intention de permuter donnant tant pour tant : mais donner peu eſt vn vray ſigne d'amour.

La crainte qu'ó a vers les grás doit eſtre nommee reſpect : l'vn & l'autre tient le premier lieu des eſprits qui ſont les plus parfaiɕts.

L'ouy & le non ſont paroles tres briefues ordonnees à celle fin que les hommes fuſſent incontinent eſclaircis & exempts de toute tromperie, meſme encor par ceux qui ſont chiches de paroles.

Au commencer des actions n'y a ny gloire, ne recópenſe, pluſtoſt doit elle eſtre dónee à la continuation & à la fin.

Les offres ſont la monnoye qui court en ce ſiecle, feuilles pour fruiɕts ſont ja portees par les arbres, & les paroles pour les œuures par les hommes.

Contre les armes de la fineſſe & tromperie il ny a choſe tant propre que de combatre ſans armes : telle est la force de la verité, qui surmonte lors qu'elle est plus nuë.

Les dõns qui seruent de signe de recognoissance & comme gages de debte doiuent estre receuz, ceux qui viennent auec autre fin & intention doiuent estre refusez comme tentation. La plume l'a adiousté.

Le cœur n'est pas pipiniere de paroles mais d'effets.

La ruine de plusieurs bons desirs vient qu'on n'en met pas Dieu pour son but & qu'on ne s'efforce de les mettre en execution. Cecy est de la plume.

La verité est ce qui prouuoit mieux le cœur & la plume, de bonnes raisons.

La confience en Dieu est le vray cœur de l'ame.

Le propre de l'innocence est de s'ayder de tout ce qu'elle peut.

Les pieces sont offertes à celuy que lon ayme, cõme vn don qui luy est plus particulierement reserué.

Le cœur est la plume de l'ame, comme la plume est l'instrument de la main.

L'ancienne amitié est cõme le vin vieil, lequel plus il a d'annees plus il est fort.

L'amour nouuel est comme le moust ou vin doux qui enyure & faict plus de dommage quand plus on se fie à luy.

Les Roys doiuent auoir des amis particuliers s'ils desirent viure asseurez en leurs estats.

La sacree escriture est vne fontaine coulante de salutaires conseils pour le genre humain.

Les Roys doiuent imiter Dieu qui ne monstre pas sa grandeur auec vn bruit espouuantable. Dieu n'est point en la grande cõmotiõ. Dieu n'est point au feu: plustost est il vn soufle doux cõme d'vn Zephire.

Quiconque

Quiconque donne grace pour grace ne paye pas, li
la derniere n'eft plus grande que la premiere : li ce
n'eft qu'il n'a pas le pouuoir.

Les œuures au refpect des paroles œuurent comme les elemens au regard les vns des autres : pource
que d'vne mefure de terre il s'en augment dix d'eau
ainfi vne œuure vaut des milliers de grace.

La plume couppe plus qu'vne efpee bien affilee.

Les coups de la fortune font plus de mal aux fauorits, à caufe de la marque qui puis apres apparoift &
demeure, que pour la douleur qu'ils endurent.

La fortune n'eft pas autre chofe qu'vne fotte opinion, vne vanité, vne fumee.

En ce fiecle le foupçon vers quelque Rois vaut
autant comme fi en verité on auoit offencé : ainfi la
feule imaginatiõ eft en eux, comme fi la chofe eftoit
certaine.

La memoire de ce que l'on ayme eft comme vn
tableau tiré plus au vif que ne font les peintures &
couleurs : & principalement de tantplus que le pin-
ceau de l'amour eft plus delicat, & encore, comme les traicts de l'imagination font plus fubtils.

La refpiration des abfens font les lettres des a-
mis.

Vn repos extreme de la vie humaine eft de fe cõ-
tenter, vn chacun de ce qu'il plaift à Dieu deluy
donner.

Les inftrumens de muficque font la figure des
vertus efquelles l'ame s'exerce.

La harpe qui a vne varieté de cordes, c'eft la cognoiffance de la diuerfité des imperfections humaines.

D

Et cette cognoiſſance eſt comme vn commen-
cement & comme les cordes, pour monter à plus
excellens inſtrumens & degrez.

Les orgues c'eſt vne compagnee d'affligez tou-
chez d'vne main puiſſante & de leurs afflictions.

Les deux foufflets, l'vn qui abbaiſſe eſt celuy de
douleur & l'autre qui monte eſt celuy de la confience qu'on a en Dieu.

La trompette ou clairon ſonné auec force & pleine voix, ſont les louanges que l'ame donne à celuy
qui l'a creée.

La meſme ſonnee à voix baſſes & feinte ſont les
pleurs leſquels ne s'oſent deſcouurir de peur d'a-
uoir pis.

Il y a beaucoup de tels inſtrumens qui ſonnent
ainſi en noſtre ſiecle.

Le reſpect eſt vne peſte de l'ame, comme auſſi la
flatterie : Peſte (dy-ie) plus contagieuſe que n'eſt
pas celle du corps.

Diſcourir d'vne affaire de grande importáce, c'eſt
comme vn fredon d'vn muſicien chanté auec vne
voix plus haute ſur vn motet : Pource que les paſſa-
ges de l'entendement ſont plus hauts que ceux de
la gorge : comme la ſubſtance de l'eſprit eſt plus excellente que celle du corps.

La curioſité a couſtume de deſirer plus cognoi-
ſtre vn homme pourſuyui d'vn Roy, que non vn
qui eſt fauorit : pour ce que la perſecution eſt cauſe
que l'on faict plus d'eſtime d'vn homme que non
pas la faueur.

Le feu qui bruſle vne maiſon ſe laiſſe pluſtoſt
veoir de ceux qui ſont dehors, que de ceux qui ſont

dedans. De mefme, eft il des dommages d'vn Royaume.

Par l'exemple de la peur que le Lion a de la voix
du coq & par la peur qu'a l'Elephant du cri d'vne
fouri, les Roys doiuent cognoiftre, que petits inftrumens peuuent eftre caufe de les troubler.

Les Rois doiuent vfer de moyens nobles pour re-
medier à tels inconueniens, non pas des remedes de
la crainte, qui eft propre aux beftes irraifonna-
bles.

Les Roys doiuent auoir des Confeillers qui foyét
de grand courage, pour ce que tels honorent les
Roys qui ne font point de grand courage : comme
les Confeillers de peu de cœur defauthorifent &
deshonorent les Roys qui font tres-magnanimes.

Le Confeiller de grand courage doit confeiller a-
uec grande confideration & mur aduis les chofes
grandes à fon Prince, s'il n'eft pas de grand courage:
Pource que pour le point d'hóneur, de ne ceder à só
inferieur qui l'anime à chofes grandes, il les entre-
prend. Et pour fon naturel, il les laiffe tomber en
chemin : dont le Confeiller en reçoit le blafme &
la coulpe, & fort fouuent la peine.

Les confeils & aduertiffemens, qui font donnez
en general, font des felles faittes de nerfs ou de
cordes qui s'accommodent à tous cheuaux de pofte.
Semblablement font ils comme la pierre nommee
Bezoar & autres Antidotes, lefquels (fil y a quelque venin) ils reparent & remedient, & fil n'y en a
point ils reconfortent le cœur.

La fatisfaction eft le cœur de l'ame en nos propres actions.

La crainte eſt vn venin froid qui eſt comparé à la cicue.

La faueur ſe compare à la beauté qui ennyure & rend l'homme adonné à toute vanité.

L'enuie qui ſuit celle faueur, à la poudre de Diamant preparee, qui ronge ſans qu'on en ſente rien.

C'eſt vne plus grand marque de valeur & d'eſtime (du Prince dy ie à ſon Vaſſal) la crainte & la jalouſie que le Prince a de ſon ſubiect, que n'eſt l'adoration du moindre au plus grand : Pour ce que l'adoration peut eſtre feinte & ſimulee & la crainte ne ſe feint iamais.

La paſſion n'a point d'yeux, peut eſtre que de la il aduient à l'amour qu'il n'en a point.

Sans confience on ne peut viure.

Les pleurs & les larmes des affligez ſont des memoires & prieres enuoyees à Dieu.

Toute la vie humaine n'eſt qu'vne briefue enfance, ou les neuf jours des petits chiens, ou les neuf moys du ventre de la mere.

Si c'eſt naiſtre que de commencer à viure, nous naiſſons lors quand nous mourons, ſi nous mourós bien, i'y adiouſte cela.

L'amy a beaucoup du Prophete en ſes conſeils, leſquels il donne à l'amy.

Les malheurs des vns apporte honneur aux autres : comme ceux qui ſont bleſſez apportent & honneur & profit aux Chirurgiens.

C'eſt vne infirmité naturelle & humaine de chercher des excuſes en toutes fautes.

La confience eſt ſigne d'vn bon naturel, quelques fois ſigne de perſonne recognoiſſante & bien ſouuent d'ignorantes & mal aduifees.

Le fiecle eft ia faict toute vfure, voire encores fi-
monie.

La paffion & la malice des officiers eft ennemie
de la Loy de nature, deftruction des Roys, vermou-
lure & ruyne des Royaumes.

Les œuures de pitié faictes en public ont beaucoup de vanité & ambition humaine, comme les
baftimens materiels.

Chofe indigne d'vn pouuoir fupreme & d'vn
bras puiffant, que la lance, qui fe leue contre tous,
f'addreffe & frappe ceux qui font les plus rendus.

Le dernier diminue plus la gloire de la pitié, que
le premier ne l'augmente.

La vengence eft ja le dernier plaifir du genre humain.

Les fauorits qui poffedent le cœur du Roy, le
doiuent rendre exempt de malice & de toute paffion: pource que le cœur du Roy eft reputé de Dieu,
comme vne chofe de grand prix. Le cœur du Roy
(dict le fage) eft en la main de Dieu.

S'ils ne le font, mais pluftoft fils le poffedent
comme leur eftant propre, ils font tenus à reftitu-
tion, comme ayant abufé & f'eftant approprié, ce
qui eftoit à autruy.

Les Roys ne doiuent rien faire fans confeil, &
principalement en ce que touche la Iuftice : pour
ce que Dieu eftant trois perfonnes, & vne chacune
d'icelle la tres-grande fageffe & prudence, il faict
neantmoins fes actions de cette mefme façon con-
fultant & difant, faifons l'homme, &c.

Il n'y a pas aucun Roy qui foit Seigneur abfolut

de son auctorité : plustost a il pour borne & reigle la
nature & les Loix Diuines & humaines. Et s'il sort
hors d'icelles bornes, malheur au Roy, malheur au
Royaume.

La foy que l'on a en Dieu est bien plus certaine,
que n'est nostre sentiment.

Les sentimens moyenneurs sont trompeurs, ennemis de l'homme, instrumens du Diable & propres pour mettre vne ame au desespoir.

L'esperance est le viaticque de la vie humaine.

La côsience qu'on a en l'homme est semblable à
l'eau de ces puis, d'ou on tire l'eau auec l'ayde de
quelque asne ou cheual, pour ce que ceste eaue n'est
pas tant pesante à venir en haut dans les muids : côme cette consience est pesante & tardiue a venir,
par les moyés humains à satisfaire, a l'intention de
celuy qui espere.

Le fruict de l'esperance en Dieu abbaisse autant,
que le cœur s'esleue par le moyen d'icelle. Le cœur
est le vaisseau qui contient l'ame, & le cœur monte
autant que l'humilité humaine s'abbaisse. Vrayes
aisles pour monter & voller mesme par dessus les
Cieux.

Mais la confience & esperance qu'on a en Dieu
est comme l'eau du Ciel : pour ce que le remede
vient plus doucement de Dieu, que l'eau du Ciel ne
tombe des nuës.

C'EST vne grand gloire à vne personne d'estre
estimé & celebré des absens & incogneus.

Miserable est le siecle auquel on n'a pas la hardiesse faire sortir de la poitrine ce qui est dans le cœur.

La conformité des ames est semblable aux vio-
lons qui sont accordez, pource que quand on commence à toucher l'vn, aussi tost l'autre sonne : d'autant que le coup de l'vn frappe incontinent à l'oreille & au cœur de l'autre amy.

Quand les Rois ont soing des choses qui sont au
dehors c'est vne partie du salut public : comme l'air
qui enuironne le corps est partie du salut corporel.

Penser au jour qui doit aduenir c'est comme vne
partie du contentement du iour d'aujourd'huy, &
la seureté de celuy qui est le lendemain.

Craindre ce qui peut succeder est vne considera-
tion importante pour la seureté de l'Estat.

Celuy qui ne parle pas auec liberté, soit qu'il soit,
estranger ou non, il n'est pas discret, ou il n'est pas
fidele.

Le monde est rond, figure inconstáte, tel est tout
ce qui est en iceluy.

L'enuie est vne beste insatiable, & comme telle
elle ronge les os, quand elle ne trouue pas autre
chose à deuorer.

Tristesse & melancholie noms propres de l'e-
stranger.

Les besers ont la proprieté de la monnoye pource que vn beser souuent en vault beaucoup, & be-

aucoup quelque fois n'en valent pas vn.

Les beaux befers font ennemis de l'ame & les laids le font du corps, cecy n'eft pas de la plume, mais il femble pluftoft eftre de la chair. Cet aphorif-me peut femblablement feruir de confeil à l'ame.

Les cours des Princes font les fepulchres des viuans.

Les Princes font fubiects à la fortune, comme à la nature & à la mort.

Les trauaux font freres de l'enfantement des hommes, ils naiffent & meurent auec iceux : & ne font iamais plus grands que lēs forces humaines.

Mais bien les obligations des biens faicts reçeus: A vn qui eft recognoiffant l'obligation eft comme les douleurs d'vne femme qui accouche, d'autant que le bienfaict engendre la recognoiffance.

Les meilleurs efpies & tefmoings font les let-tres furprifes, mais nõ celles qui font iettees fecret-tement en quelque lieu tout a propos & defquelles on ne fçait de qui ou à qui on les enuoye.

L'eftranger doit fidelité au Prince, qui le reçoit & le prend en la fauuegarde de fon Royaume, com-me à fon Seigneur naturel.

Le Seigneur naturel ne fe peut offencer de l'e-ftranger en aucune chofe finon en ce que la Loy na-turelle l'offence.

Le bien d'vn Royaume, & le bon traittement des fubiects defpend de la felicité des Royaumes voi-fins.

Les Roys font en grand eftime & honneur tant vers leurs fubiects que vers les eftrangers, foyent amys foyent ennemis, quand ils ont des Confeillers

tres-

tres-prudens. Ils feruent de refpect comme la bonne garnifon en vne forterefle, la plume a adioufté
cecy.

Mieux fe peut (difoit vn grand Confeiller) fouffrir la corne de la femme, que celle de l'entendement.

Es contentions de l'amour il y a plus grand vi-
ctoire & gloire à celuy qui fe rend, qu'à celuy qui
eft vainqueur.

C'eft vn heur au Roy d'auoir des Côfeillers pru-
dens & fideles.

La fidelité fans prudéce eft de bien peu de proffit.

La prudence fans fidelité eft comme vne flefche
enuenimee. Si on peut nommer prudence, celle qui
n'eft point vertu, fineffe pluftoft.

Il y a des hommes (& tels font ordinairement
ceux qui font les plus excellents), qui eftans perdus
font lors plus eftimez, que quand on les poflede.

On doit temperer l'ignorance des vns auec la
prudence : & la malice des autres auec la patience.

L'entretenement & paffetemps de la fortune eft
de rendre les Princes ferfs & efclaues.

La nature eft la vraye maiftreffe des chofes d'E-
ftat.

Le retrancher & efbrancher les arbres enfeigne
aux Princes à chaffer loing de foy les officiers qui
leur font dommageables.

En l'enter & inferer en l'arbre, il eft enfeigné qu'il
doit appeller à fon feruice de bons Confeillers,
foyét naturels du pays, ou eftrangers, quãd ils feront
tels : a l'imitation de Dieu, qui ne faict difference aucune des nations.

E

En ce que l'on couppe les herbes à celle fin qu'elles croiffent; que les Roys fe conferuent & croiffent auec la liberalité.

En cognoiftre les racines des plantes, eft, que c'eft vne chofe qui grandement importe, que de fçauoir le naturel & le fecret des autres Princes & peuples.

En la cognoiffance des faifons des temps & du cours d'iceux, qu'il doit cognoiftre les occafions, & vfer d'icelles en temps opportun.

En femer pour receuillir, trauailler, eftendre la main à la charrue, que perfonne ne reçoit du fruit fans femer. Et ce ietter la femece de laboureur, c'eft vn cofeil pour les Princes, que bié qu'ils dónét auec quelque fin & intention, qu'ils doiuent donner neantmoins comme iettant, & comme fans auoir aucun but: car donner fans aucun fubiect eft figne de liberalité. I'adioufte quelque chofe & toutesfois il eft de l'autheur.

L'amy eftant au cofté de l'amy, il faict le mefme que l'ombre és peintures.

Il y a toutesfois des amis qui font tres-dágereux, & n'ont pas autre chofe que de l'ombre en la neceffité & quand on en a befoing: Peut eftre qu'à cette occafion la langue Latine les appelle ombres.

Les fauorits du Prince courent grand danger en cecy.

La langue Efpagnole appelle les fauorits *Priuados* ou priuez & ce, peut eftre, pour ce qu'eftans fauorits ils fe trouuent priuez de la feureté naturelle.

La faueur des Princes eft trompeufe, caducque, mortelle, ombre de mort & la mefme mort.

Ce font de grans gages que des lettres efcrittes

auec quelque passion.

L'amoureux & l'amy qui se plaint, se resiouit d'estre vaincu en la contention d'amour.

Ceux qui sont ordinairement proches de la personne des Princes ont tousiours quelque plus particuliere cognoissance du naturel d'iceux.

La force des vieillards estant tombee & froide, l'esprit ne laisse d'estre entier & plus ardant,

Chose salutaire de ne sçauoir pas tousiours l'origine des accidens.

La pierre de touche pour cognoistre la valleur d'vn chacun est la persecutió de l'enuie, l'vn ou l'aufurmóte tousiouts en tout extremité. Qui a dit l'vn, dict l'autre.

La faueur des Princes est vn songe, vne frescheur de l'esté, vne bourasque de mer, vn estat de la lune.

Ces trois definitions ne sont miennes ny de l'auteur mais de Hector Pinto.

L'amour & l'obligation souffrent leurs banqueroutes comme les marchans trop endebtez.

L'absence des Rois hors de leurs Royaumes sont occasion de changemens & nouueautez.

On doit vaincre l'ire du Roy par la fuitte, & la temperer par les pleurs, s'il a quelque chose de l'homme, si non appeller Dieu à son secours.

Les affligez sont comme des fantosmes en leurs conuersations, d'autant que à quatre pas de raisons qu'il s'efforcent de dire, pour gratiffier à leurs amis, ils resuent & tombent en la sepulture de la tristesse.

Les fauorits & mignós de la fortune les plus seurs doiuent mesler au milieu de leurs banquets la memoire de ce qu'elle est. Pource qu'elle assaille ceux

qui ne s'en donnēt garde,& ceux que plus elle em-
braſſe elle les eſtraint & eſtouffe : dautant que ces
embraſſemens ſont les embraſſemés d'vn ours trô-
peur & fier.

Tous ceux qui approchent des Roys ſont ſoub-
çonneux.

La vraye pitié eſt de chercher les neceſſiteux. Il
n'y a que les pauures qui le facent:car ce que le pau-
ure ouure la main,ce n'eſt pas qu'il demāde,pluſtoſt
qu'il veut donner. Prenez(dit il)l'occaſion qui s'offre pour vous faire mēriter.Celuy qui pour donner
attend qu'on le prie a ja vendu ſa liberté.

La fortune eſgale les hommes quant aux biens
exterieurs&non pas és naturels,leſquels ne ſont pas
de ſa ſeigneurie. I'adiouſte quelque choſe.

Les lettres des amis recreent l'eſprit comme faict
leur portraict la veue.

I'appelle vn autre portraict de l'homme, ſes lettres familieres.

Les charges & offices ne ſont pas autre choſe ſinon des habits & parures de la perſonne, ſoit qu'ils
ſoyent ioyaux precieux : car ils ſont tels pour quelques vns: mais ils ſe depoſent plus facilement qu'ils
ne ſe veſtent, & en ce ils tiennent la proprieté des
habits.

Que les fauorits ſe gardent d'aymer la faueur &
degré & non la perſonne. Si ce qui aduient chacun
iour ne leur peut ſeruir de preuue.

C'eſt vn grand ſigne d'amitié quand l'amy eſtant
abſent ou endurant, les amis ne laiſſent pour cela à
ſe ioindre entre eux pour ſe plaindre, & conſulter
du remēde qu'on pourra trouuer pour ſecourir ſon

amy.

Les estrangers sont plus fideles amis à vn grand fauorit que les naturels, ainsi comme aux Dames pour guarder quelque secret.

C'est vne opinion que l'heur & malheur des humains.

Ie veux dire, ce que l'on nomme vulgairement fortune.

L'amour des Roys consiste en la foy, plus qu'en science.

Les Roys se soucient peu des personnes absentes & inutiles.

Celuy qui ayme, cherche les occasions pour auoir quelque communicatió auec l'amy; les amoureux pourront mettre au lieu d'amy, l'amie.

Les choses humaines sont vents & tourbillons.

Les griefs faicts par les iuges inferieurs ont de coustume estre plus grãs que ceux des souuerains: peut estre que pour monstrer qu'ils peuuent, ils se monstrent ainsi insolens.

Que le mouuement du cœur se sent plustost au costé senestre qu'au droit luy ayant son siege au milieu de la poictrine: est peut estre à ce que (cóme il est la fontaine de l'amour) les amis apprennent par ce, qu'ils se doiuent plus móstrer amis és affaires sinistres & facheuses.

France & Espagne sont les deux bassins des balancesde l'Europe & Angleterre la languette du milieu.

Les amis de ce siecle portent face humaine, mais cœurs de bestes sauuages.

La beauté des esprits croist auec l'aage, ainsi que la corporelle se diminue auec le mesme.

E iij

L'amour des efprits eft plus de duree, que celuy du corps.

Les Princes ne fe doiuent communicquer à vn feul fauorit, à la fimilitude des Eglifes, qui n'ont pas vne, feule mais pluftoft beaucoup d'entrees: A Dieu mefme qui a diuers intercefleurs, qui eft vne des grandeurs de la diuinité.

Les Princes qui ne fuyuent point ce chemin fe font les efclaues & vaffaux des autres Roys.

Les fubiects ayment les Roys qui ne font fubiets à perfonne: ainfi comme les femmes mariees aymét les maris qui font hommes c'eft à dire vertueux.

L'homme eft vn arbre réuerfé aux yeux humains: non pas tel, mais droit à la verité, s'il a fa racine (fon fprit dy-ie) enraciné en fon lieu naturel d'où il préd fon origine, qui eft le ciel.

Efprouuer premierement les armes que l'accord (car ainfi le difoit vn poete commicque) doit eftre le confeil des capitaines generaux, non pas des Rois: Pourceque c'eft honneur aux Rois, comme à feigneurs fouuerains, de chercher premierement tous les moyens qui font les plus doux, deuant que venir à la main forte comme aux Capitaines generaux le contraire. Pource qu'on ne repute pas lafcheté au plus fort de ceder à celuy qui eft moindre: mais pluftoft honneur: car s'il ne furmonte celuy qui luy eft inferieur cela luy torne à honte & s'il le fatisfaict & contente, cela luy torne à gloire.

L'enuie eft ennemye de la valeur, la ruyne des Princes, & la perte des Royaumes.

L'honneur eft l'ame de cette vie.

Les cours des Princes & leurs faueurs font labyrinthes.

On eſcrit qu’il y en auoit quatre és quatre parties
du monde:peut eſtre à ce que cet aduertiſſement
de tant de dangers veint à la cognoiſſance de tous.

Celuy qui ſera ſorty vne fois d’iceux : ſe garde d’y
retourner : pource que ce n’eſt point pour ſe moc-
quer que d’y aller deuxfois.

L’enuie ne peut ſçauoir que c’eſt qu’aymer ny biē
entendre la nature de l’amour: pource que la priuation eſt touſiours plus forte,que n’eſt l’habitude:&
de l’habitude à la priuation n’y a pointde retour.

L’amour reſiſte à tout , l’enuie eſt coüarde , ſi on
luy monſtre les dens.
L’amour eſt ſemblable à la palme reſiſtant au poix
qui luy reſiſte : peut eſtre qu’à cette occaſion elle eſt
nommee Phenix: pource que l’amour, qui eſt le
Phenix de toutes les vertus,imite plus qu’elle s toutes, le naturel de la Palme.

L’amour & la pitié deſcend à nous du ciel.

La haine & l’enuie monte à nous de l’enfer .

Le bien oyr , ie veux dire la bonne opinion conſi-
ſte au propre ſens ou opinions de ſes propres œuures, non pas és langues : pource que la langue eſtát
vn inſtrument qui ſert au gouſt, elle ne ſe gouuerne
que par le gouſt , non pas par la raiſon.

C’eſt vne ruyne des grans & des petits, que la diſ-
ſentiō des ſubiets, ja-ſoit que quelques Roys ayent
en opinion le contraire. Ils ſe trompent la plume les
en aſſeure.

La memoire eſt vn tres vray miroir pour cognoi-
ſtre & corriger ſes propres deffaillances.

La fiéure quarte du lion , ſont proprement les

coups de la fortune, contre les plus puiſſans pour
temperer leurs abus du pouuoir ſouuerain.

Le ſoing propre, plus fidele que les amis de ce
ſiecle.

L'amour entier deſire entieremẽt ce qu'il ayme, &
ne ſe contente de l'vne ou de l'autre partie, ce qui
eſt tout leur ſemble ſeulement tout, & de là les
jalouzies.

Le Roy & le Royaume eſt vn vray mariage, le
Roy eſt le mari & le Royaume eſt la femme.

Le Royaume viel eſt celuy qui n'a point vn Roy
valeureux.

Le Royaume non marié, celuy qui ne ſcait qui
doit eſtre ſucceſſeur à ſon Roy.

Que les Rois ſe gardent de faire que leurs Royaumes ſoyent les eſclaues des femmes, & encores
plus qu'ils ne ſoyent eſclaues des officiers, de peur
que pour la trop grande ſeruitude, ils n'entrepren-
nent & ne s'eſleuent contre le chef.

Qu'ils imitent Dieu qui eſt pluſieurs (car il eſt
trine) à faire des bien-faicts: & neãtmoins bien qu'il
aye trois perſonnes il veut eſt ſeruy ſous l'vnité
d'vn Dieu. Il il veoit bien que ce deuoit eſtre choſe trop facheuſe & trop dure à la nature humaine que de ſeruir à pluſieurs. De meſme faut il
que les Roys entendent, que c'eſt vne choſe tres-
facheuſe, & autant aigre aux ſubiects, d'eſtre
commandez de plus de perſonnes que de luy : d'a-
uoir (dy-ie) plus de Rois, & commandeurs qu'vn
ſeul. Mais toute cette lettre, qui eſt en nombre la
ſeptante & ſixieſme eſt toute pleine d'Aphoriſmes.

Le cœur humain eſt vn terrible ſiege de juſtice entre

tre les amis, qui n'endure & ne faict aucune exceptiondes perfonnes ny de l'eftat.

Pour tant les Princes doiuent bien regarder comment ils traittét de l'amitié auec leur inferieurs : car ils feront appellez deuant ce fiege pour rendre raifon, & en iugement.

La Penitence eft vne medecine de beaucoup plus grande excellence que les autres.

La curiofité humaine a fon palais, c'eft à dire fon gouft particulier.

Les feruiteurs des goufteux font pour la plus part diligens.

Il y a des fepulchres qui retiennent des corps vifs & rejettent ceux qui font morts.

Les Rois fe nommét puiffans, pour ce qu'ils peuuent guerir les corps & les efprits malades, & nõ pas pource qu'ils ayent puiffance de les ruyner.

L'amitié eft vne douce feigneurie, de mefine eft elle vne douce feruitude.

La mort eft vn chemin pour paruenir à la vie.

La vie eft la nauigation & la mort le port, & jafoit qu'il foit commun à tous il ne laiffe d'eftre bon: car le pain l'eft, lequel nous mangeõs tous les iours: & cette cy eft vne viande, qui nous eft plus neceffaire que le pain n'eftà la bouche.

Les feruiteurs les plus familiers font ordinairement trop hardis & dangereux.

La fueur de l'efprit f'effuye couftumieremét auec plus de diuers linges que non pas la fueur du corps.

Vne bonne medecine de l'efprit, eft, la communiration qu'on a auec vn amy.

La fepulture de l'ame c'eft vn corps trifte.

F

Il n'y a prefque chofe plus legere qu'vn papier
blanc qui eft playé , ny plus pefante que le
mefme quand il eft plein de douleur & d'afflictions.

Vn coufteau aygu ne penetre pas tant le cœur, le
foleil mefme ne penetre pas dauantage, que l'œuil
d'vn amy.

C'eft vn grand abus, quand quelqu'vn s'afflige en
ce où il n'y a point de remede.

Plufieurs trauaux qui n'ont point trouué de remede aux moyens humains, l'ont receu par quelque
accident qu'ils n'auoient ny penfé ny efperé.

La confience eft la derniere marque & demonftra-
tion d'amour. Ie tire ainfi cette Aphorifme de la
lettre nonante & troifiefme & celuy qui la lira pour
ra veoir le lieu dont je la tire. Car elle peut eftre receuë pour vne lettre, & non pas pour Aphorifme, fi
elle n'eft prife comme elle eft icy mife.

Plufieurs fois l'ouye à faict plus de dommage que
la langue.

Il eft plus d'importance aux courtifans pour con-
feruer les amis & fe garder de faire des ennemis de
fermer les aureilles aux langues des maldifans. Le
Prince Ruygomez l'affure ainfi par experience.

Vn cœur grandement remply de tout contentement a de couftume de ne pouuoir communicquer
ce contentement, ny à la langue ny à la plume.

La confiéce eft vne fille tres naturelle de l'amour
& de la foy.

Le iugemét du public a auctorité fur les plus grás
comme fur les plus petits.

L'odeur eft la figure de l'amour.

L'encens s'offre auxEglifes pour figne d'action de grace & de recognoiffance & encor de la deuotion des cœurs , & afin que les hommes cognoiffent que tout ce qu'ils offrent à Dieu, ne peut pas eftre autre chofe, ny de plus grand prix que fumee.

Semblablement à ce qu'ils s'encouragent efperant que cette fumee fera receuë & trouuée agreable deuant fa face. Le cœur humble & affligé (dy-je) car la fumee fort du feu , & l'affliction de l'amour. En verité qu'efcriuant cecy à la clairté de la chandelle, en eftindant vne d'icelle la voulant moucher, je fis vne preuue naturelle , pour la verification de cet Aphorifme, que pour lors ie tirois : dautant qu'approchant l'efteincte pres de celle qui eftoit allumee , par le moyen de la fumee de l'vne , la flamme de celle qui eftoit viue vint à celle qui eftoit morte: deforte que ie fis cefte preuue à l'œil : fcauoir eft, que fi la fumee du cœur môte vers Dieu, fa lumiere s'abbaiffe par cette fumee & illumine le cœur le plus obfcur. Cela foit efprouué par celuy qui ne le croira; car mô entendement n'eftpas tât efleué, qu'il puiffe s'imaginer telle chofe , fi l'experience fe prefentant ne me l'euft enfeigné. Cecy n'eft pas pour les Theogiẽs & predicateurs qui fe riront de moy, mais pour les feculiers côme moy qui n'ont pas encor acheué d'apprendre leur , a , b , c.

La vie & falut humain eft beaucoup moindre que la fumee. C'eft cendre. D'autant qu'en fin la fumee s'efleue en haut , qui eft comme vn fegnal de vie: la cendre (car c'eft proprement ce que nous fômes) non. C'eft vne parole de Dieu.

L'eloquence du cœur furmôte celle des paroles.

F ij

C'eſt vne douce force que celle des amis, profitable quelquefois & quelquefois dommageable.

Les paroles ſont les veſtemens des conceptions.

Il eſt neceſſaire aux eſtrãgers de ſçauoir pluſieurs
langues, comme pluſieurs fois de n'auoir point de
langue, comme encor nyplume. La plume dit cecy.

Ceux qui nous portent affection, iceux nous e-
ſtans incogneus, ſont plus ſeurs amis que ceux qui
nous ſont cogneus, leſquels ſeroit plus ſeur de n'a-
uoir iamais de nous eſte cogneus.

Celuyqui reprend s'il eſt amy, il imite le chien en
la langue & non en la dent.

Aphorifmes d'vne lettre miſe apres les
Aphorifmes Eſpagnols.

Les pleintes grandes & principalement pour cau-
ſes grandes ſe peuuent donner à tous.

Les vrais amis ſont vne forte guarde & leur memoire apporte vne grande conſolation.

Les diſcours d'eſtat ſont des viandes pour les grãs
eſtomachs.

La priuauté & faueur eſt muable comme les bancs
qui ſoit en la mer de Flandres.

Zizanies, tromperies & fraudes ſont les langages
naturels des cours,

Les cours ſon les faux bourgs d'éfer. Dautant que
le ciel n'eſt pas beaucoup peuplé des habitans de cette terre ou l'ennie a la ſeigneurie.

Les perſecutiõs c'eſt la fournaiſe ou le creuſet où
on eſpreuue la valeur ou qualité des hommes.

Le remede des fautes des amoureux eſt de ſe plaindre enſemble.

Les cours ſont les vedettes des Nauires qui ſeruent pour defcouurir les actions d'autruy.

Les menees & entreprifes humaines font les vens par le moyen defquels on nauige iufques aux fins de l'ambition.

Le dernier chaftiment du ciel pour punir des fautes, c'eft de permettre qu'on tōbe en autres fautes.

Ce qui eft contraire aux regles de la nature ne fe peut pas reduire à la raifon humaine.

Le cuir qu'Homere dit auoir efté plain des vents enfermez, lequel fut donné par Eole à Vlyffes, eft l'accord & fubmiffion des fubiects qu'vn Roy laiffe a l'heritier de fon royaume. Il me femble que l'Autheur en ce lieu veut dire cela : & toutesfois il doit entendre & parler du bon accord & de la iufte fubmiffion felon fon naturel & le naturel de fon langage. Ce qui eft fort efloignédes principes ou axiomes de Machiauelle : Pource que bien que en la deffinition que l'autheur donne de l'eftat, il le dife eftre vne conuenance propre, il tient toutesfois que la conuenance propre eft de ne charger pas trop fa befte, affin qu'elle ne foit côtrainte de donner du nez en terre, faifant quant & quant trebucher celuy qui eft monté deffus.

Les plus grans ennemis s'accordent ordinairemēt pour le bien commun.

La conferuatiō des Rois & Royaumes eft côme celle des corps humains : pour ce que les humeurs biē lefquelles humeurs encore qu'elles ne fuffētpas bonnes, pluftoft en quelque chofe corrompus, roûtesfoys pource qu'ils font contraires les vns aux autres, ils tiennent le corps en bon eftat & concorde, que s'il n'y a qu'vne feule humeur qui

domine fur toutes les autres le corps ne peut pas viure ny fubfifter vn long temps : côme s'il eftoit co-
lericque cette humeur le brufleroit auffi. toft du
tout.

L'experience perfectionne les regles d'vn chacun
art.

Il me femble que c'eft vn Aphorifme que cette
vigne & ces vignerôs , & ces menotes , chaifnes ou
liens de pieds d'or: côme auffi l'or des Alquemiftes.
L'autheur le declare. Toutesfois que ce foyent A-
phorifmes fi bon il femble.

Quand vn amy a failly à vn autre il doit tafcher a
auoir des gages ou affeurances, qu'il n'enprendra aucune vengeance.

Celuy, qui les aura s'en accommodera comme bô
luy femblera. Côme il peut aduenir que celuy qui
les aura donnez, s'en pourra bien repentir Eftat ve-
ritablemét miferable que celuy du repentir és chofes temporelles, voire autant, qu'il eft excellent en
celles qui font de l'ame.

Le cœur de l'homme c'eft la langue de l'oreille de
DieuMe foit pardonné fi i'ay adioufté cecy pour A-
phorifmes eftant tiré de ma lettre. C'eft pour ce que
ie l'ay fouuent ouy dire à l'autheur: ie l'adioufte côme prefque dernier.

Le dernier de tous les Aphorifmes eft, Qu'il faut
bailler fon cœur à Dieu & non aux Princes, ny aux
enfans des hommes, efquels il n'y a point de falut.

FIN DES APHORISMES OV
SENTENCES DOREES.

www.ingramcontent.com/pod-product-compliance
Lightning Source LLC
LaVergne TN
LVHW020556060726